1. Auflage 2018

ISBN 978-3-8303-3500-9

- Neuausgabe des Titels „Soll das so dunkel? Das Grillbuch" -

Cartoons uns Illustrationen: Ralph Ruthe
Text: Markus Barth
Lektorat: Antje Haubner
Herstellung und Gestaltung: Ulrike Boekhoff
Printed in China
www.lappan.de

RALPH RUTHE · MARKUS BARTH

LAPPAN

SCHATZ! JETZT BRENNT'S ENDLICH!
SCHATZ?
GRILL MASTER

10 SÄTZE BEIM GRILLEN, DIE NOCH NIE GESTIMMT HABEN:

1. „Das schmeckt ja erst richtig, wenn's ein bisschen verbrannt ist."
2. „Nee, also bei uns gibt's beim Grillen keine klassische Rollenverteilung."
3. „Absolut: Vom Elektrogrill schmeckt's mindestens genauso gut!"
4. „Natürlich freue ich mich über dein Mitbringsel! Nudelsalat kann man nie genug haben!"
5. „Nee, ich habe dein Tofusteak nicht mit der Fleischzange angefasst."
6. „Klar ist die Grillsauce selbst gemacht!"
7. „Also, ich hatte bisher nur eine Wurst!"
8. „Kein Problem, ich brate dir das Rinderfilet auch gerne durch!"
9. „Natürlich ist das Biofleisch!"
10. „ICH HAB DAS UNTER KONTROLLE!"

VORBEREITUNG
(DRAMA IN EINEM AKT)

Sie: „Ach Schatz, ich freue mich so auf den Grillabend!"

Er: „Ich mich auch!"

Sie: „Was soll ich denn einkaufen?"

Er: „Fleisch."

Sie: „Und was noch?"

Er: „Würste."

Sie: „Ich meine die Beilagen."

Er: „Bier."

Sie: „Nein, ich meinte: Salate."

Er: „... Wurstsalat?"

Sie: *(seufzt)* „Wie wär's denn mit Nudelsalat?"

Er: „Och..."

Sie: „Tomatensalat?"

Er: „Na ja..."

Sie: „Avocadodip?“

Er: „Hm…“

Sie: „Wir könnten auch noch ein paar Auberginen in Scheiben schneiden und grillen. Oder Zucchinischeiben. Und Süßkartoffelpäckchen. Und Jessica hat mal so Bulgurbratlinge gemacht. Die waren auch toll. Ach nee, jetzt weiß ich: Wir grillen Fenchel! Hmmm, lecker Fenchel, mit ein bisschen Olivenöl und frischen Kräutern! Das ist doch viel besser als so ein schnödes Steak! Und danach vielleicht noch ein paar Pfirsiche. Die halbieren wir dann und legen sie als Nachspeise auf den Grill. Du achtest doch auch drauf, dass die Sachen nicht verbrennen, oder? Weißte ja, Acrylamid und so …

PAUSE.

Sie: „Schatz? Schatz, weinst du?“

ICH HAB MIR GEDACHT, ICH BRINGE EINEN EIERSALAT MIT.
ERSTICK DOCH AN DEINEM GEIZ, MADLEEN.
Rathe

WEISST DU, UWE... INTELLEKTUELL BEWEGT SICH UNSERE BEZIEHUNG EINFACH AUF EINEM ZU UNTERSCHIEDLICHEN NIVEAU.
ICH HABE FEUER GEMACHT!

WARUM STEHN DIE MÄNNER WIEDER ALLE UM DEN GRILL?
NEIN, MEINE FRAU DARF AUCH NICHT SEHEN, DASS ICH RAUCHE.
Rathe

DER GRILLER

DER GRILLER IST EIN SCHEUES WESEN, …

… das sich zwar gerne mit Artgenossen umgibt, aber ungern mit ihnen in Kontakt tritt. Viel lieber widmet er sich stumm seiner Bestimmung im Rudel: der Erwärmung von mehr oder weniger toten Lebensmitteln.

OB ES BEIM GRILLEN …

… wirklich um die Zubereitung von Nahrung geht oder eher um einen religiösen Akt, ist umstritten. Schließlich ist die Tätigkeit mit starker Rauchentwicklung verbunden *(vgl. Weihrauch)*, gelegentlich wird Bier versprüht *(vgl. Weihwasser)*, und pro Grilltätigkeit wird mindestens ein Würstchen dem Gott des Feuers geopfert. Außerdem haben die Griller untereinander eine Art Kastensystem etabliert: Während Holz- und Gasgriller in etwa gleich hoch anerkannt sind, werden Elektrogriller traditionell verspottet, von gemeinsamen Gesprächen ausgeschlossen und an den Rand des Rudels gedrängt.

DER GRILLER

BEOBACHTER …

… dürfen dem Griller bei seiner Tätigkeit zwar zusehen und ihm Zeichen der Dankbarkeit überreichen *(geöffnete Bierflaschen, Gold, Erstgeborene),* sollten ihn aber nicht in seiner Konzentration stören, da sie sonst mit abweisendem Grunzen und Unmutsäußerungen bis hin zu „Du kannst dir deine Wurst gleich von der Pommesbude holen!" rechnen müssen.

MAN UNTERTEILT GRILLER NACH IHREN UNTERSCHIEDLICHEN ENTWICKLUNGSSTUFEN:

Junge, unerfahrene Exemplare kauern meist vor einem sogenannten Einweggrill auf Bodenhöhe, bereiten minderwertiges Fleisch zu und trinken unwürdige Biermischgetränke. Erfahrenere Griller bedienen sich eines Baumarkt-Grills, der sich schon in einer fast aufrechten Haltung bedienen lässt. Die letzte Stufe der Grill-Evolution ist dann der Multi-Brenner-Jumbo-Grill mit Seitenkochfeld

DER GRILLER

und Regenabdeckung, den nur Grill-Alphatiere *(sogenannte „Silberschürzen")* besitzen dürfen. Dieser kann in aufrechter Haltung bedient werden, er wird nur mit edelsten Fleischerzeugnissen belegt, und seine Oberfläche wird oft mit hochwertigeren Produkten gepflegt, als der Grillmeister selbst.

NACH VOLLBRACHTER TÄTIGKEIT …

… wird der Griller vom Rest des Rudels mit Aufmerksamkeiten bedacht *(Getränke, Lob, Sex)* und schiebt sein Arbeitsgerät zurück in seine Höhle. Aus dieser taucht er erst wieder auf, wenn ihm die äußeren Umstände als geeignet erscheinen und er sich wieder in der Lage sieht, sein kräftezehrendes Werk zu vollbringen. In der Regel also am nächsten Tag.

HEY, UWE! DU MUSST UNBEDINGT MARTIN KENNEN LERNEN! MARTIN, DAS IST UWE.
ANSCHEI-NEND EIN KONTAKT-GRILL.
Ruthe

AUS DEN KAUFEMPFEHLUNGEN EINES GROSSEN ONLINE-VERSANDHAUSES

Kunden, die den Weber-Kugelgrill gekauft haben, kauften auch…

… **Grillfix Extra,** schnelle Grillanzünder „Inferno" (1000er-Packung, hoch entzündlich!)

… **Caldimed Wundsalbe** bei Verbrennungen (5-Liter-Eimer)

… **Shakira:** „Ribs don't lie – das Grill-Album"

… **Dr. Ulrich Strunz:** „Schlemmen ohne Reue – die tausend besten Grillrezepte!"

… **Dr. Ulrich Strunz:** „Die Herbstdiät – so kommt das Hüftsteak wieder von der Hüfte."

… **Komplett-Set „Single-Grillabend"** (bestehend aus: 1 x Pappteller, 1 x Besteck, 1 x Wurst, 1 x 100g Hühnchenbrust, CD: „Stimmungshits für eine Person", Duni-Taschentücher „extra tränenfest")

… **Weber:** „100 tolle Rezepte für Ihren neuen Grillgemüsekorb."

… **Weber:** „100 tolle Deko-Ideen mit nie benutzten Grillgemüsekörben."

10 SÄTZE, DIE MAN NICHT HÖREN WILL, WENN MAN AM GRILL STEHT:

1. „Sag mal – hat das Steak grade gebellt?"
2. „Mist, Kohle vergessen. Geht's auch ohne?"
3. „Wo darf ich denn hier mein Tofuwürstchen drauflegen?"
4. „Schatz, Häuptling Sitzende Kuh aus Nevada am Telefon – er hat das letzte Rauchzeichen nicht verstanden."
5. „Meinst du, der Feuerwehrhubschrauber ist wegen uns hier?"
6. „Mach die Alufolienpäckchen noch mal auf. Soraya sucht ihren Hamster."
7. „Erklär bitte noch mal: Was ist denn jetzt Rind, und was ist Brikett?"
8. „DEINE SCHÜRZE BRENNT!"
9. „Soll das so dunkel?"
10. „Ach, ICH sollte das Bier mitbringen???"

WIE LANGE NOCH?
„WEMM EFF FERPIG IFF".
Ruthe

WENN MAN IHN SCHON NICHT ESSEN KANN...
MARSH-MALLOWS
Roethe

WIE PROMIS GRILLEN

HEIDI KLUM, TOPMODEL:

„Mein Tipp für Kalorienbewusste: Ein Forellenbäckchen halbieren und mit den Schnittflächen nach unten ohne Öl auf dem Rost garen (Reste lassen sich gut noch am nächsten Tag verwenden!). Als Beilage gönne ich mir etwas Salat (öliges Kräuterdressing durch kalten Pfefferminztee ersetzen!) und ein kohlenhydratfreies Zellstoff-Fladenbrot (Pappteller in der Mitte falten und füllen). Statt Bier oder Limo schwöre ich auf einen leichten Sommerdrink, wie zum Beispiel eine Wasserschorle (halb stilles Wasser, halb Sprudel)."

ALFONS SCHUHBECK, SPITZENKOCH:

„Das Wichtigste beim Grillen sind gute Zutaten. Ich empfehle die Alfons-Schuhbeck-Würzmischung ***Provence****, die Alfons-Schuhbeck-Fertigmarinade* ***Toskana****, die Alfons-Schuhbeck-Alufolie* ***Shanghai*** *und die Alfons-Schuhbeck-Holzkohlenmischung* ***Bottrop****. Dazu ein bisschen Hähnchenfilet vom LIDL – fertig!"*

WIE PROMIS GRILLEN

MATTHIAS SCHWEIGHÖFER, REGISSEUR:

Gut, dass Sie fragen! Ich mache nämlich gerade einen Film übers Grillen! Ich habe kürzlich in Asien gesehen, wie die Leute da beim Grillen ihre Marinaden ins Fleisch einarbeiten – das hat mich wahnsinnig inspiriert. Der Film heißt übrigens „Rubbel die Katz – jetzt mit Kräutern!"

GOTT, SCHÖPFER IM RUHESTAND:

„Ich grille nicht mehr. Mir ist mal 'ne ganze Packung Nürnberger Rostbratwürste vom Tisch gefallen, durch die Wolken auf die Erde – sofort ging's da unten wieder los. Von wegen biblische Plagen, Apokalypse und so. Ts, Menschen! Können einem jeden Spaß verderben …

DANIELA KATZENBERGER, MODERATORIN:

„Ich mag am liebsten Lammkoteletts. Manchmal versuche ich auch, auf Fleisch zu verzichten, aber Knochen allein schmecken mir einfach nicht!"

WIE PROMIS GRILLEN

HARALD GLÖÖCKLER, DESIGNER:

„Grillen ist eine Stilfrage! Als Erstes ersetze ich immer die Aluschalen gegen Blattgoldschalen. Statt Meersalz streue ich ein paar Strasssteinchen auf die Steaks, das gibt so einen überraschenden Crunchy-Effekt.
Und statt Kringelwurst empfehle ich die Harald-Glööckler-Wurst-Krone aus meinem Onlinestore. Jede Wurst kann eine Prinzessin sein! (200 Gramm, 18 Euro, inkl. drei Büttenpapier-Servietten)
Ebenfalls im Onlinestore führen wir übrigens die Grillschürze „Marbella" aus schwarzem Stretch-Satin mit gerafftem Satinbesatz, tiefem Revers und leichtem Schößchen.
Und demnächst entwickeln wir auch noch eine für Frauen.

LUKAS PODOLSKI, FUSSBALLER:

„Ich grill immer Cevapcici oder Souvlaki.
Hauptsache italienisch."

JA, WIR BRAUCHEN HIER AUF JEDEN FALL ZWEI KRANKENWAGEN. UND DIE FEUERWEHR! UND EINE TUBE REMOULADE!
SOS
Rattke

SCHRÖDER, VOM GUINNESS-BUCH. WO SOLL ER DENN JETZT SEIN, IHR "REKORD-GRILL"?
Rattke

GRILLSICHERHEIT – DIE WICHTIGSTEN TIPPS

- **Wichtig:** Immer einen Eimer Wasser neben den Grill stellen. Mindestens genauso wichtig: Immer einen Grill neben den Eimer Wasser stellen!

- **Verwenden Sie nur geeignete Grillanzünder** (Kokos, Paraffin, Bild-Zeitung) und nur in Maßen. Allgemein gilt: Wer mehr als drei Anzünder zur Inbetriebnahme seines Grills benötigt, sollte eventuell über eine alternative Methode der Nahrungszubereitung nachdenken (Fritteuse, Waffeleisen, Rohkost).

- **Verwenden Sie Grillbesteck.** Entgegen der Meinung vieler männlicher Grillfans gelten Daumen und Zeigefinger der rechten Hand NICHT als Grillzange!

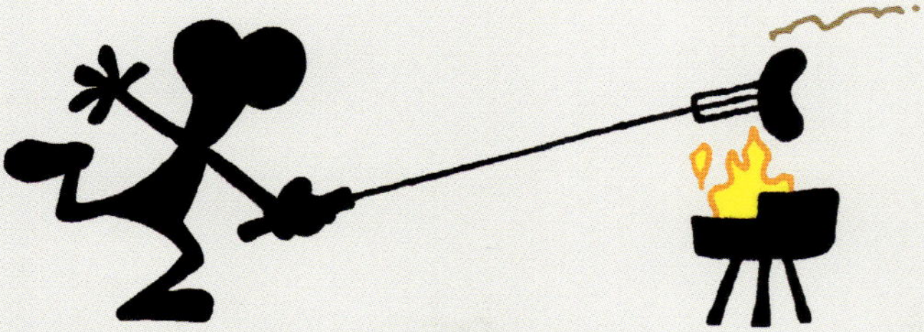

- **Grill nicht mit dem Fön anzünden!** Ist erstens gefährlich, und zweitens brennen die meisten Föns gar nicht so gut.

- **Lassen Sie sich beim Grillen nicht ablenken!** Beobachten Sie das Feuer die ganze Zeit, und achten Sie nicht auf unwichtige Zwischenrufe wie: „Schatz, die roten oder die weißen Servietten?", "Papa, schau mal mein Zeugnis!" und „Ich sage dir, dass ich die Scheidung will, und du zündest den Grill an???"

- **Beim Anfachen der Glut Funkenflug vermeiden!** Hören Sie spätestens dann auf, in die Glut zu wedeln, wenn die ersten Gäste rufen: „Na, so viele Glühwürmchen hab ich ja noch nie … Aaaaaaahhhh!"

VOLL LECKER.
DAS ÄNDERT ALLES!
Ruthe

IM GRILLSHOP

DIE LADENTÜR GEHT AUF ...

... und Britta und Juliane kommen herein. An der Hand haben sie ihre Männer, Boris und Mike. Britta gibt Boris einen Klaps auf den Po: „Na, nu lauf schon!" Ihr Mann springt sofort los und verschwindet zwischen den ausgestellten Gasgrills. Britta lächelt ihm gütig hinterher und erklärt Juliane: „Er hat diese Woche zum ersten Mal die Spülmaschine ausgeräumt. Dafür gibt's jetzt 'nen Gasgrill."

Auch Mike reißt sich nun los, rennt zum nächstbesten Grill und dreht mit leuchtenden Augen die Brenner auf. Juliane schüttelt den Kopf, deutet auf einen Angestellten und ruft Mike tadelnd zu: „Frag erst mal den Mann, ob du das darfst!" Doch Mike hört sie nicht – er hat nun auch noch den Seitenbrenner des „Burny Signum 3000" aufgedreht und schaut glücklich in die Flammen. Juliane seufzt: „Ich habe letzte Woche eine Zucchini auf seinen Holzkohlegrill gelegt. Danach meinte er, der wäre jetzt entweiht. Zucchinigeschmack kriegt man wohl ganz schlecht wieder raus."

IM GRILLSHOP

Da schiebt Boris einen „Napoleon Prestige Pro 825" vor Britta und strahlt sie hoffnungsvoll an. Die schüttelt energisch den Kopf: „Boris, wir hatten das besprochen: Maximal drei Brenner!" Boris zieht einen Flunsch. Doch Britta bleibt hart: „Es ist mir egal, ob deine Fußball-Freunde dich hänseln. Drei Brenner, oder ich kauf' uns einen Elektrogrill!"

Boris schiebt den „Napoleon" sofort zurück an seinen Platz. Juliane sucht unterdessen Mike. Sie findet ihn in der Zubehörabteilung: „Ach Schatz. Eine Hamburgerpresse? Ernsthaft?" Auch Boris hat jetzt das Zubehör entdeckt und zeigt Britta stolz seinen ersten Fund. Die stöhnt: „Boris, leg die Fischklammern weg! Du weißt, dass du allergisch bist!" Doch Boris denkt nicht dran. Feixend rennt er mit der Fischklammer zwischen die Regale. Britta läuft ihm hinterher und droht: „Muss ich erst wieder Seitanwürstchen kaufen?"

IM GRILLSHOP

Jetzt sind alle vier zwischen den Regalen verschwunden, und man hört nur noch die immer ungehalteneren Rufe der Frauen: „Pizzastein? Wir haben 'nen Ofen!" „Boris, ernsthaft? Schon wieder die Fischklammer?!" „Ein Gulaschkessel! Mike, jetzt isses aber mal gut!" „Boris, noch einmal die Fischklammer, und ich lese dir heute nichts aus der Grill-Bibel vor!"

Eine Dreiviertelstunde später stehen die vier an der Kasse. Boris und Mike haben Gasgrills und Zubehör für je rund 4000 Euro. Britta und Juliane haben Ringe unter den Augen. Gerade, als die Kassiererin Boris' Rechnung ausdrucken will, greift der in eine Kiste neben der Kasse und legt noch ein Bratenthermometer auf den Scanner. Britta zückt seufzend die Familienkreditkarte und schaut die Verkäuferin strafend an: „Immer diese Quengelware!"

WOMIT SIE IHREN VEGANEN FREUNDEN BEIM GRILLABEND EINE FREUDE MACHEN KÖNNEN:

☺ Kräuter im Kräutermantel

☺ Heiße Maroni *(unbedingt schon im Vorjahr auf dem Weihnachtsmarkt kaufen!)*

☺ Vegane Hamburger *(größere Kieselsteine fleischfarben anmalen)*

☺ Vegane Chickenwings *(Tofu in Flügelform schnitzen, Zweige hineinstecken)*

☺ Die (gut abgetrocknete!) Bierdose aus dem Bierdosenhuhn

☺ Moos-Buletten *(Ameisen vorher ausschütteln!)*

☺ Vegane Kräuterbutter *(Meggle-Kräuterbutter schmelzen, Kräuter aus der flüssigen Butter lesen und mit zwei Esslöffeln Kettenfett verrühren)*

☺ Gemüsepäckchen *(am besten schon einen Tag vorher mit DHL an die Veganer verschicken)*

☺ Naturtofu *(Plastikverpackung vorher entfernen, wird sonst zu würzig)*

☺ Als Knabberspaß: geröstete Pinienzapfen und Reisig

☺ Attila-Hildmann-Rezepte *(aus dem Buch reißen, zu einer Wurst rollen und scharf anbraten)*

UND LEG MEIN TOFU BITTE SO, DASS ES DEIN FLEISCH NICHT BERÜHRT.
GERNE.
Rathe

WIE WEIT IST MEIN STEAK?
ZIEMLICH WEIT.
Rattle

SO GRILLT DIE WELT

FRANKREICH

Franzosen machen beim Grillen kein großes Trara: Sie schmeißen einfach ein paar Stücke Fleisch auf den Rost und öffnen die erste Flasche Wein. Nach der zehnten Flasche Wein löschen sie den Grill, schmeißen das ganze verbrannte Fleisch weg und übergeben sich in die Rabatten.

AUSTRALIEN

Australier grillen immer. Also wirklich immer. Morgens Speck, mittags Fisch und abends, was auch immer sie auf der Fahrt nach Hause überfahren haben. Wenn Sie also jemals nach Australien fliegen und einen Einheimischen sehen, der nicht grillt – bitte rufen Sie den Notarzt. Prüfen Sie dann Herzschlag und Atmung und leiten Sie die Wiederbelebung ein: entweder mit einer Herzmassage, mit Mund-zu-Mundbeatmung oder einer streng riechenden Substanz (Riechsalz, Ammoniak, marinierte REWE-Nackensteaks).

SO GRILLT DIE WELT

ENGLAND

Grillen war auf der Insel schon immer eine sehr beliebte, leider auch sehr einfallslose und ungesunde Angelegenheit: Es gab entweder fettige Würste oder sehnige Steaks. Doch dann kam Jamie Oliver und zeigte den Engländern, wie man mit frischen Kräutern, exotischen Marinaden und viel Gemüse wunderbar leichte und raffinierte Grillgerichte zaubern kann. Seitdem sind die meisten Engländer aufs Frittieren umgestiegen.

AMERIKA

Das klassische amerikanische Barbecue ist ungleich aufwendiger als unser europäisches Grillen: Dabei wird ein Stück Fleisch in eine Garkammer gelegt, und von der Seite strömt aus einer Feuerbox Rauch in die Kammer. Dieser erhitzt das Grillgut und wird durch einen Kamin wieder abgeführt. Nach mehreren Stunden ist das Fleisch dann gar. Wer das schon für unnötig kompliziert hält, hat sich noch nie mit dem Regelwerk des "American Football" auseinandergesetzt.

SO GRILLT DIE WELT

ÖSTERREICH

Eine der größten Grillspezialitäten in Wien ist die „Eitrige" (eine Brühwurst, aus der nach dem Erhitzen Schmelzkäse ausläuft). Das ebenfalls von einem Wiener Metzgermeister erfundene „Auswurf-Würschterl" und das „Offene Beinscheiberl" haben sich zum Glück nie wirklich durchgesetzt.

SCHWEIZ

1896 entwickelt der Appenzeller Tüftler Pirmin Schuppli eine ganz eigene Art des Grillens und meldet sie unter dem Namen "Grondue" zum Patent an: Zunächst wird Kohle in einem Kugelgrill zur Glut gebracht. Wenn die Kohlen dann weißglühen, wird die gesamte Glut weggeschmissen und in dem heißen Grillkessel Käse zum Schmelzen gebracht. Der geschmolzene Käse wird dann mit Brotstücken aufgetunkt, eventuelle Ascheреste sorgen für ein kerniges Raucharoma, und wer sein Brot im Käse verliert, muss den Grill reinigen und die Kohle auspusten.

JETZT... MOMENT.
JETZT... MOMENT.
JETZT... MOMENT.
Ruthe

ÄH... GUTEN TAG! WIR KOMMEN, UM DEN VERSTORBENEN ZU HOLEN!
DAS KLAPPT! DAS KLAPPT!
FRAGT, OB SIE SENF HABEN!!!

WORAN SIE ERKENNEN, DASS IHR GRILLGUT NICHT MEHR VERWENDBAR IST:

Jeder kennt das: Man hat irgendwann mal Grillgut eingefroren, dann kommt der nächste Barbecueabend und keiner weiß, ob das Fleisch und die Würste noch in Ordnung sind. Deswegen hier ein paar wichtige Hinweise, woran Sie erkennen, dass Sie Ihr Grillgut besser nicht mehr verwenden sollten:

- Als das Hüftsteak fertig aufgetaut ist, grüßt es Sie freundlich.
- Der Preis auf dem Etikett ist in Reichsmark ausgewiesen.
- Auf den Spareribs wächst Moos.
- Die Chickenwings haben Arthrose.
- Die Grillwürste robben langsam vom Teller.

- Aus den Lammkoteletts wurden mittlerweile Schafkoteletts.
- Der Schweinebauch hat schon graue Borsten.
- Das Mindesthaltbarkeitsdatum ist in römischen Zahlen angegeben.
- Die Herkunftsbezeichnung verweist auf einen Hof im „Königreich Preußen".
- Es sind Mammut-Steaks.
- Das Fell auf den Kaninchenkeulen ist gar kein Fell.
- Die Hühnerbrüste hängen.

WAS HATTEN WIR EIGENTLICH NOCHMAL VOR…?
ICH KOMM AUNICH DRAUF…
SPIRITUS
Rattke

EIN HISTORISCHER ÜBERBLICK

Vor 2 Millionen Jahren nutzt der Homo habilis zum ersten Mal Feuer zur Nahrungserwärmung. Zwei Tage später gibt es schon Holzkohle an der Tanke.

2580 v. Chr.: Pharao Cheops lädt zu einer großen Grillparty in seine Pyramide ein. Da das Dachfenster der Pyramide klemmt, erliegt die gesamte Partygesellschaft einer Kohlenmonoxidvergiftung. Würste, Steaks und Knoblauchbaguette werden noch Jahrtausende später fälschlicherweise für „Grabbeigaben" gehalten.

28. n.Chr.: Bei der „Speisung der Fünftausend" verteilt Jesus fünf Brote und zwei Fische an seine Anhänger. Dass trotzdem alle satt werden und sogar noch Reste übrig bleiben, liegt daran, dass zeitgleich nebenan „Bernhard's Brutzel-Bude, Filiale Golgotha" aufmacht.

64 n.Chr.: „Großer Brand Roms", kurz nachdem Kaiser Nero auf einer Gartenparty mit den Worten vernommen wurde: „Warum soll ich denn bitte keinen Spiritus in die Glut spritzen?"

EIN HISTORISCHER ÜBERBLICK

600 bis 1100: Im Mittelalter war Grillen weit verbreitet, aber sehr ungesund - was vor allem an dem damals üblichen, schwer verdaulichen Grillgut lag (Wildschweine, Braunbären, Rothaarige).

1492: Christopher Kolumbus entdeckt Amerika und wird von den um eine Feuerstelle versammelten Eingeborenen sehr feindselig mit „Hier wird gar nix entdeckt, bevor unsere Bison-Koteletts durch sind!" begrüßt.

1817: Franz Schubert schreibt nach einem sehr fischlastigen Grillabend sein berühmtestes Kunstlied „Die Forelle". Die in derselben Zeit entstandenen Werke „Die Makrele", „Die Babycalamares" und „Das Gelbflossenthunfischsteak in Pergament" erlangen nie eine vergleichbare Berühmtheit.

1954 kommt das Grillen endgültig nach Deutschland. TV-Koch Clemens Willmenrod präsentiert eine Spezialsendung zu dem Thema. Seine Neuschöpfung „Bratwurst Hawaii" kann sich leider nie richtig durchsetzen, da die Belegkirsche immer in die Glut purzelt.

1968 landen die Beatles einen Riesenhit mit dem Song, der fortan als Hymne aller Hobbygriller gilt und bei jedem guten Barbecueabend gesungen wird: „Hey Glut".

RÄUSPER.

LUSTIG, DEINE BEDRUCKTE GRILLSCHÜRZE.
DIE IST DURCH-SICHTIG.
Ruthe

GRILLSCHÜRZEN-AUFDRUCKE, DIE MAN EHER SELTEN SIEHT

„Grillkönig", „Meister der Glut", „Auftragsgriller" – Wenn Sie glauben, auf Grillschürzen steht immer dasselbe, täuschen Sie sich! Wir haben uns mal in ganz Deutschland umgeschaut und ein paar Schürzen-Aufdrucke gefunden, die man eher selten sieht:

1. „Die wirft keine Falten. Ich freue mich nur, dich zu sehen!"
2. „Hmmm, Menschenfleisch schmeckt tatsächlich nach Hühnchen!"
3. „Die Glut ist nicht zu heiß! Und jetzt hol deinen Ring wieder raus, blöder Hobbit!"
4. „Pizza? Call 0800 470 55 8 99!"
5. „Ohne Fleisch, ohne Fett, nicht zu dunkel? Friss meine Schürze!"
6. „Wenn du was Leckeres willst, frag beim Nachbarn."
7. „Ich hab' nix drunter!"
8. „NEIN, ICH MÖCHTE MICH NICHT ABWECHSELN!!!"
9. „Ich bin ja eher so der Thermomix-Typ."
10. „Wenn Sie das hier lesen können, sitzen Sie auf meinem Grill!"

ER WOLLTE BIER IN DIE GLUT SCHÜTTEN!
ALSO NOTWEHR.
Ruthe

AUS DEM POLIZEIBERICHT

Schwetzingen. Wie die Polizei Schwetzingen mitteilt, wurde am Wochenende nach Beschwerden von Nachbarn eine völlig überdimensionierte Grillparty auf einem Privatgrundstück aufgelöst. Die Beamten konfiszierten 70 Kilo Steaks und Bratwürste sowie 48 Fässer Bier. Weiterhin teilt die Schwetzinger Polizei mit, dass sie diese Woche aufgrund einer teambildenden Maßnahme nur in absoluten Notfällen erreichbar ist, die Rauchsäule über der Dachterrasse der Wache von einer defekten Heizungsanlage herrührt und am nächsten Montag eine Transportmöglichkeit für 48 leere, fassähnliche Objekte gesucht wird.

Suhl. Tragisches Ende eines Grillfests: Ein 48-jähriger passionierter Griller fühlte sich beleidigt, nachdem ein Freund ihm vorgeworfen hatte, er ließe sein Grillgut immer verkohlen. Der Mann erschlug den Freund daraufhin mit einer Thüringer Rostbratwurst.

Hamburg. Die Bundespolizei weist nochmals darauf hin, dass der Raucherbereich auf Bahnhöfen nicht zum Grillen genutzt werden darf. Auch der Satz: „Die labbrigen Schuhbeck-Bratwürste ausm Bordrestaurant könnt ihr selber fressen!“, zählt nicht als Entschuldigung.

AUS DEM POLIZEIBERICHT

Köln. Streifenpolizisten aus Köln-Lindental mussten am Wochenende eine Grillparty am Adenauerweiher auflösen, da ihnen das Grillgut der Partygäste verdächtig vorkam. Es handelte sich um schwer identifizierbares Geflügelfleisch. Verstärkt wurde der Verdacht der Beamten, als einer der Grillfans auf ein Schild am Ufer deutete und sagte: „Hier steht nur ‚Enten füttern verboten'."

Berlin. Die Berliner Polizei weist nochmals darauf hin, dass das Abstellen von Einweggrills auf trockenem Rasen verboten ist. Die Berliner Charité weist in diesem Zusammenhang darauf hin, dass das Abstellen von Einweggrills auf Bauch, Rücken und Handflächen zwar erlaubt, aber keine gute Idee ist.

Obersulm. Polizei und Gesundheitsamt Obersulm geben bekannt, dass in Produkten der Metzgerei Schwimmer am Samstag Salmonellen gefunden wurden. Dies gilt für alle fleischhaltigen Erzeugnisse des Betriebs. Die hauseigenen Frikadellen, Bratwürste und Hähnchenflügel sind somit nicht betroffen.

UNS IST ES WICHTIG, DASS ES DEN TIEREN VORM SCHLACHTEN GUT GING.
HEY, WORÜBER REDET IHR?
NICHTS, HANS. NOCH EIN BIER?
Rathe

SERVICE FÜR GRILLMEISTER

Folgendes Schild einfach ausschneiden und an einem Faden um den Hals hängen!

(Achtung, muss gut von hinten lesbar sein!)

ES IST FERTIG, WENN ES **FERTIG** IST!!!

ES IST
FERTIG,
WENN ES
FERTIG
IST!!!

ICH HABE SELBST GEMACHTE BARBECUE-SOSSE, FRISCHES BAGUETTE, REISSALAT UND ANTIPASTI MITGEBRACHT! WIE WEIT IST DER HAUPTGANG?
WIE SOLL MAN VERDURSTEN, WENN EINEM DAS WASSER IM MUND ZUSAMMENLÄUFT???
Rathe

WAS DACHTEN SIE DENN, WAS WIR DEN SOMMER ÜBER MACHEN?
MOMENT MAL: „RENTIER-WÜRSTCHEN"?
Rathe

WINTERGRILLEN – DIE WICHTIGSTEN TIPPS

Im Sommer kann jeder grillen. Echte Profis trotzen auch eisigen Temperaturen, um ihrer Leidenschaft nachzugehen. Folgende Grundregeln sollte dabei aber jeder beachten:

- Nicht mit der Zunge am Grillbesteck lecken – kann festfrieren!
- Ab Windstärke 10 nur mit dem Rücken zum Wind grillen und Grillgut am Rost festketten.
- Vögel, die vom Wind auf den Grill geweht werden, gut durchbraten!
- Grillgut erst auftauen. Das Gleiche gilt für den Grillmeister.
- Enteisungsspray zum Öffnen des Grilldeckels bereithalten!
- Auf warme Kleidung achten! (Daunenjacke, Winterstiefel, gefütterte Grillschürze – bei extremen Temperaturen Grillhandschuhe durch Grillfäustlinge ersetzen!)
- Bei Grills mit Rollen: Schneeketten nicht vergessen!
- Vor dem Servieren Schneedecke vom Grillgut pusten.
- Vor dem Servieren Schneedecke von der Familie pusten.

10 FILME ZUR EINSTIMMUNG AUF IHREN GRILLABEND:

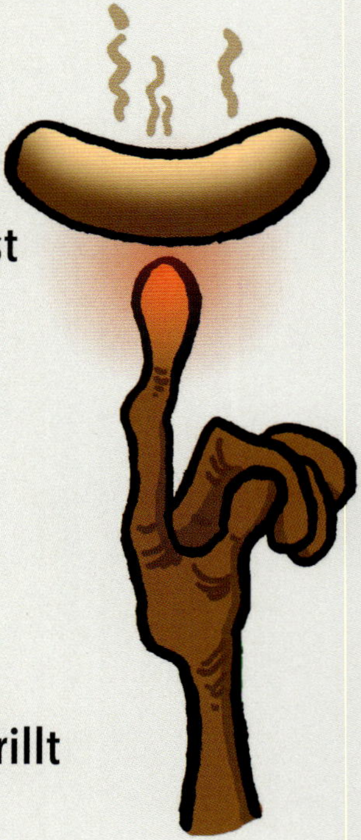

1. New Glut – Bis(s) ins Fleisch
2. Die Katze auf dem heißen Grillrost
3. Drachengrillen leicht gemacht
4. Forest Gambas
5. Lola brennt
6. Fuck ju Gemüse
7. Die Faust im Nackensteak
8. Liebling, ich habe die Rinder gegrillt
9. Barbecuerella
10. Schweinchen Steak

ICH HAB HIER EINS MIT EINER DUNKLEN SEITE.
NEHM ICH.
Ruthe

DAS NENNEN SIE SCHNELL?
NEIN. SIE?
Ruthe